TRAGEDIE
FRANCOISE DES
Amours d'Angelique &
de Medor.

Auec les furies de Rolland, & la mort de
Sacripan, le Roy de Sircacye: & plusieurs
beaux effects contenuës en ladite Tragedie, tirée de l'Arioste.

A TROYES.
Chez Noel Laudereau, demeurant en la
ruë nostre Dame, deuant le
Mouton verd.

Angelique.   Medor.   Rolland.   Sacripan.
Le Soldat François.   Le Berger.   Le Meſſager.

TRAGEDIE DES
AMOVRS D'ANGELIQVE
ET DE MEDOR.

ACTE PREMIER.

Angelique commence.

Amais on ne verra ce decouler fortune
D'vn pauure languiſſant, qu'elle ne l'im-
  portune   (port,
De tant de maux ſuyuis, qu'en fin deſſus le
Cedãt aux durs trauaux, ne le réuerſe mort
Semblable a vn tyrant enfanté de Belonne,
Qui ſe plaiſant a mal, nouueaux trauaux ordonne,
Pour gehenner le captif, & plus cruellement
Le ietter au profond du cendreux monument :
Las ! combien miſerable ay- ic eu de grand martyre ?
Combien de fois helas ! me ſuis-ie eſcouté dire,
Quand ſera-ce bons Dieux que vous me ferez voir
Mill' piroëtans feux, ſur ma teſte plouuoir
Quand accablerez vous d'vne d'ardante pique
Le corps a terracé de la pauure Angelique :
Aſſez de fois Iupin, t'ay fait ceſte clameur,
Afin de ruiner mon renaiſſant mal'heur :
Ie n'ay point ſouuenir d'auoir en patience,
Depuis qu'auec mon frere ie paſſay en la France,
Qui oza brauement trop hardy deffier
De renuerſer en bas le plus hardy guerrier
De Charles l'Empereur, au choquer de la lance,

Tragedie des amours.

De ma lance dorée, ô trop fiere arrogance,
Regnau't en sut atteint, & le guerrier Rollant,
Oger, Astolphe, encor Olyuier le vaillant,
Et maints autres qui furent à leur cheutte estonnez
Quand malgré leurs efforts furent desarçonnez
Et maints captifs menez, accomplissant l'effait
Du pact, qu'auecques moy Charlemaigne auoit fait
Depuis combien de fois l'ouurier ordinaire
De mal'heur importum, & du bien debonnaire.
M'a fait ronger le frain de l'encombreux hazard
Heureux qui n'est attaint de son penible dard,
Le palladin Rolland qui m'a s'y amenée,
De mon pays lointain, o pauure infortunée,
Ne me deuoit laisler, pour estre entre les mains
De ses cruels françois, les Scirtes inhumains,
Pour estre en fin dennée au meilleur combattant
Qui plus de gens tuëra en l'armée d'Agramant,
Rolland, Rolland, tu as premier que ie sois prise
Pour estre entre les mains d'vn homicide mise
Est-ce donc la force, est ce le braue cœur,
Qui disoit de ce monde estre le seul vainqueur
Non non, ou l'honneur gist la dompteresse force
Ne peut vaincre la foy, iamais la feinte amorce
Ne me deceura, tu va or assommant
Armé de pied en cap, les trouppes d'Agramant,
Les hachant par morceaux, cuidant par ta vaillance
Que ie te sois remises aux dicts du Roy de France,
Tu te promets desia auoir du Roy Payen
La victoire & le iour, par ton magic moyen,
Mais i'ay peur que ta force & celle de la France
Ne puisse resister à la forte puissance
Du champ Sarrazinois, d'icy ce m'est aduis

d'Angelique & de Medor.

I'entens le cry de ceux qui à mort sont ia mis,
I'oy dedans mes oreilles l'effroyable tempeste
Des philfres & tambours qui croullent en ma teste,
Hé Dieux que doy-je faire! ne sçaurois-ie chercher
Quelque cauerne creuse afin de me cacher,
Ou quelque arbre creusé, ou ie me puisse mettre:
Mais voicy vn Soldat, de quel champ peut il estre?
Il est du champ François ce cresté morion
M'enseigne que de france il est de nation:
Las comme sa poictrine eslancée hallette,
Dieux qu'il est plein de sang, puis qu'icy il s'arreste
I'entendray bien comment il peut aller du tout
Ie veux faire silence.

Le Soldat.

Hé Dieu! comment, debout?
Puis-ie encor demeurer, veu l'effort, la tempeste
Que l'on a chamaillé & versé sur ma teste,
A peine, las à peine absent de ce d anger
N'ay-ie peu guarantir, & des coups m'estranger:
Las que ie suis recreu, que ma mourante halaine
Que ie perdois tantost, ie recouure a grand peine:
O Dieux, o Dieux, helas! les François sont perdus,
Et sur la verte pleine en morceaux estendus:
Ie rends graces aux Dieux qui m'ont fait tant de grace
Que ie suis eschappé.

Angelique.

Que faut-il que ie face,
Helas que deuiendray-ie! ha, pauurete quel Dieu
Piteux te conduira, ha pauure miserable,

Le Soldat.

Encor ie ne craignois au conflit execrable
Que de me rencontrer aux effroyables yeux

Tragedie des amours

Du puissant Rodomont, tempeste des hauts Dieux,
Qui m'eust broyé ainsi qu'vn Mouton porte laine,
Et haché à morceaux de la dent inhumaine
D'vn Lyon affamé : mais ie veux ce pendant
Que l'ennemy Payen va son ire grondant,
M'oster hors de ces lieux : car celuy qui desire
euiter le courroux de celuy qui desire
A sa mort il se doit garder de son danger,
Et sage par conseil en lieu seur se ranger,
Sans attendre peureux qu'vne meurtriere lame
Luy face tost sortir dehors de son corps l'ame.

Angelique.

Helas ! que deuiendray-je, ou pourray-ie courir,
Ie doute helas ! ie crains que voulant m'enfuyr,
Ie sois d'aucun surprinse, helas par quelle voye
T'enfuyras-tu pauurette, afin que nul ne voye
La trace de tes pas, ie fuiray dans ce bois,
Mais n'attendray-ie pas de quelque homme la voix.

Icy medor se plaint.

qui se plaint pres d'icy , ou il se lamente,
En quelque grief mal'heur sa poictrine tourmente
I'entendray son parler.

Medor.

Hé ? bon Dieu! las encor
Ne donnerez vous fin au mal de moy medor,
Languiray-ie tousiours , iamais ne prendre cesse
Mes angoisseux trauaux. o mort trop larronnesse
De tant de Dames qui sont deuallées la bas,
Si cheres, venerables, par ton meurtrier bras,
Acable moy chetif, fais helas queie meure ,
Enuoye moy sans languir dans la palle demeure.

Angelique.

d'Angelique & de Medor.
C'est quelque languissant, ie l'entens a sa voix.
Medor.
Encor si quelqu'vn appeller ie pouuois
Ie luy prierois encor qu'vn peu d'eau il me baille.
Angelique.
Cestuy-cy c'est sauué blessé en la bataille.
Medor.
Mourray-ie en languissant, o Dieux cruels
Me lairrez vous gehenner de tourmens eternels.
Angelique.
I'ay grand pitié du mal que cestuy la endure,
Ie serois trop ingrate & de dure nature,
Si de quelque propos ne le reconfortois,
Car celuy est maudit qui n'est en rien courtois,
Au captif affligé, quand il entend sa plaincte,
Vn bien n'est meritable apporté par contraincte,
Las qu'est-ce que ie voy, c'est vn homme sanglant,
Vn horreur, vn frisson, viennent mon cœur meslant,
O quel piteux spectacle, o pauure deplorable,
Las, qu'est ton meurtrier, qui est cet execrable
Qui t'a ainsi blessé?

Medor.
Vn cruel, vn tyrant,
Pource qu'il m'auoit veu que i'allois enterrant
Mon maistre qui est mort, celuy la pour bien faire
M'a ainsi que tu vois blessé pour mon salaire:
Mais las, qui que tu sois: prens prens de moy pitié,
Et si tu es guerrier par la ferme amitié
Que tu porte à ta Dame: icy ie te supplie
Que tu me face vn bien pour l'amour de t'amie,
Tire ton glaiue nud, & sans plus grand effort
Donne moy dans le corps: & me renuerse mort.

Tragedie des Amours
Las tu donneras fin à la douleur cruelle
Qui des vlceres à part que i'ay sur la ceruelle,
Le larron Promothee de l'oyseau becquetant
N'a tant d'assauts au cœur que moy que moy mourant.
Mon mal insatiable, vn pauure qu'on sequeure
Au besoin importun : c'est vn bien qui demeure
A iamais oublié dans la voulte des Cieux,
L'vsure du peché est payé par les Dieux,
Si n'estois aueuglé du sang & de la crace
Que i'ay dessus les yeux, ie lyrois dans ta face,
(Si la douce pitié se loge dedans toy)
Mais las assiduément i'ay l'ennuy auec moy ?
                    Angelique.
Tu n'as icy trouué vne Lyonne affreuse,
Ny moins vne Tygresse à la dent escumeuse,
Mais bien tu as trouué vne fultiue, or
Qui te veut departir le sruict de son thresor :
ça baille moy la main , & prens vn peu de peine,
T'appuyant dessus moy, & viens a la fontaine
qui n'est pas loing d'icy ou ie te laueray,
Et d'herbes necessaires te medecineray.
         Icy Angelique laue Medor à la fontaine.
                    Le Berger.
Ie resonge à part moy dans ce bois solitaire
Quel est plus icy bas nostre mal & misere,
Pourquoy l'homme est trompé , comme voyant les cieux
Il peut ainsi aueugle oublier tous les Dieux:
Mescognoissant soy mesme , & côme l Epicure
Ce vautrer & soüiller en sa sange & ordure ,
Apres ie me propose & concluds hardiment
Que l'amour est la cause & le seul mouuement :
Et voicy la raison ? quand la flame diuine

d'Angelique & de Medor.

Fut desrobé au Ciel par la main inhumaine
Du larron Promethée, Iupiter confeillant
Ne voulut enuoyer fur luy à l'inftant
Vn foudre poudroyant, ains vne viue flame
Cachée dedans les yeux d'vne maligne femme,
Les ouurages mignards de Minerue ell'aprit,
Puis de Venus la befte vne grace elle prit,
La fureur des cent Cieux le meflager celefte
Luy verfit mille rufes au profond de fa tefte,
Apollon luy fit part d'vn difcours enchanteur,
Graue, doux & accord, mais quelque fois menteurs
De trois graces elle eut vn grand port reueré,
Et au col & au bras vn beau carquant doré,
Mais outre tout cela ce tres-grand Dieu de Trace
Luy à donné l'orgueil dedans fa belle face,
De cruauté auffi promptement y l'arma,
Puis d'vn nom Grec apres Pandore il la nomma,
Voila comment Iupin pour venger ceft infame
Et pour l'homme punir nous enuoya la femme
Or ie rends graces aux Dieux que libre dans fes bois
Ie vois dans ma maifon exempt d'vn fi dur poix
Dur & fort à porter : mais o Dieu qui eft celle
Qui fi humainement tient par deffouz l'effelle
Ce ieune homme bleffé.

Angelique & Medor oyant le Berger dire, & dur & fort
à porter, faut qu'Angelique & Medor fortent de
la fontaine, le tenant fous le bras.

Medor.

Helas ! qui que tu fois
Qui m'as fait tant de bien la vie ie te dois,

Tragedie des amours

Angelique,

Prens seulement courage, & a ma foy t'asseure,
Ie ne te lairray point.

Medor.

Las si mon heure est seure
Que ie doiue mourir, mort auance le pas.

Angelique.

Reprens vn peu le cœur pour fuir le trespas,
Il faut plustost que plaindre, estouffer, de courage
La mort nostre ennemy qui veut nostre dommage,
En vain sert d'appliquer remede au patien,
Si d'vn cœur valeureux le mal il il ne soustien.

Medor.

C'est en vain efforcer quand le destin appelle.

Angelique.

Il faut croire aux bons Dieux de l'essence immortelle
Qui peuuent par dessus le destin mal'heureux.

Medor

Las, ie ferme fiance en toy & en eux.

Le Berger.

Ses pauures gens se sont esgarez par la pleine,
Il faut que promptement hors du bois ie les meine
Ils me font grand pitié, dictes mes bons amis,
Vous estes par hazard hors de vostre chemin mis,

Angelique.

Helas, mon pere helas, menez nous ie vous prie,
Dedans quelque maison, pour conseruer la vie
De ce pauure affligé, ainsi les Dieux benings
Te tiennent seurement en leurs diuines mains,
Ta maison, ton troupeau, & cela que tu ayme,
Et que ton meilleur chastement tu estime.

Le Berger.

d'Angelique & de Medor.

I'ay icy dans ce bois vne pauure maison,
Venez y heberger, tant que la guerison
De les playes soyent faictes, ie vous la donne toute,
Venez y seurement.

Angelique.

Mon pere ie ne doute
De vostre preud hommie, or pour me conforter,
Aydez moy ie vous prie, afin de l'emporter.

ACTE II.

Le Berger commence.

IAmais l'aueugle fille aux variables pieds,
Ne nous a constamment ses tresors desployez
Iamais nous ne voyons nous ne voyons iamais
Qu'elle arreste sa rouë au gré de nous en paix,
Ains la girouete tant d'vn tour infatigable,
Nous sommes tantost bien & tantost miserable,
Ie prens icy exemple à ce pauure Medor,
Qui estoit presque mort, & ce iour l'esclaire or
Sain dispos, faueri de l'enfant de Cyprine
Qui l'a rendu aymé d'vne beauté diuine,
De la mesme beauté de celle qui l'auoit
Trouué presque my-mort, & qui las ne pouuoit
Esperer nul secours de nulle creature,
Et toutes fois voyez voyez qu'elle aduenture,
Quel bien, quel heur, quel gain il à d'estre guery,
Et d'estre d'elle aymé qui le veut pour mary,
O Dieux qui esclairez de vostre œil toute chose,
Que grande est vostre main qui bien & mal dispose,
Mais ie les voy venir accouplez bras à bras,

Ie les lairray icy.

Angelique.

Medor mon cher soulas,
Mon cœur mon seul plaisir, ma pensée, mon ame,
Celuy ou mon desir à reposer s'enflame,
Que veux tu plus de moy, ie te donne mon cœur,
Qu'amour l'aueugle enfant ne fut oncques vainqueur,
Hé Dieux qui eust pensé, o Medor que ma vie
Quand ie te vy blessé que tu m'eusse asseruie,
Que tes beaux yeux couuerts de crasse aussi de sang,
M'eussent si ardamment outrepassé le flanc,
Que tu m'eux rendu tienne, & qu'ainsi amoureuse
I'eusse eu le cœur espris.

Medor.

Que la nuict tenebreuse
Fille de l'Acheron soit sans fin dedans moy,
Auant que vous laisser, que l'honneur, que l'effroy,
Qui est aux bas enfers, assidu me demeure
Que plustost ou milieu d'vn grand fourneau ie meure
Que ie sois le iouet des ombres de l'Enfer,
Si d'vn autre que vous on me voye eschauffer :
O que l'heur me fut grand quand couché à la pleine
Blessé en tant d'endroits, ie perdois mon Haleine,
Vous me vinstes trouuer, & sur moy me donner
La santé & la vie, & me medeciner ?
Las ie n'esperois rien qu'vne mort tres-certaine,
Quelque fois vn malheur vn bon heur nous ameine ?
Or vienne quand voudra la larronnesse mort,
Ie n'auray iamais pœur de courir a son port,
Puis que le Ciel hautain & iupin debonnaire
M'ont donné vostre amour, & si la mort vient faire

d'Angelique & de Medor.

De moy quelque butin, & m'enuoye la bas,
I'auray au moins cest heur de mourir en vos bras,
Et vos bras cristalins, sur la poictrine blanche.
Angelique.

Las mon amy plustost que le fil on me trenche.
Du fatal Pelonton qui martyre mon sort,
Plustost vuide d'esprit enuoye mon corps mort
Aux riues du rocher, que mon Medor mon ame,
Le voy entre mes bras blesme & veuf de son ame,
Mais laissons ie vous prie les propos ennuyans
Et soyons mon Medor le noir chemin fuyans
De la mort descharnée, & dessus les hauts monts
Engrauons de nos mains nos chiffres & nos noms,
Entaillons nos amours en ceste verte place,
Afin que le passant s'en contente la face,
Engrauons dans ces bois en mil & mille lieux
Angelique & Medor, les fauoris des Dieux :
Et de moy ie mettray ce quatrain en la gloire
De nostre maistre amour qui de nous a victoire.
Medor.

Et moy ie poseray cest autre que voicy.
Angelique.

Ie mettray en ce lieu encor ce chiffre icy.
Medor.

Vous prez, vous arbriceaux, qui estes en la plaine
Ou la vous ombragez la coulante fontaine
ou ie trouuay m'amour que iamais les troupeaux
Des cheures & des Boucs ne broustent vos rameaux,
Que iamais le vent froid de vos fueilles si vertes
Ne vous rendent en hyuert cheuts & descouuertes,
Que iamais le bestial de vous o ondelettes
Ou la ie vy premier mes douces amourettes,

Tragedie des amours
Me troublent voftre cours vos replis tournoyans
Mais fans fin vous alliez vos couleurs ondoyans.
<h3 style="text-align:center">Angelique.</h3>

Or fus retirons nous, & prenons droit la voye
De mon pays natal, afin que ie te voye
Enrichie de mon fceptre , & penfe auec toy
Suyuant le mien deffein de couronner Roy.

<h3 style="text-align:center">Sacripan.</h3>

Quelque fois ce plaignãt rend le mal beaucoup moindre,
Mail il eft mal feant a vn guerrier fe plaindre
Moy qui ay tant de fois enfanglanté mon bras
Dans le fang des Chreftiens, auec ce coutelas,
Qui n'ay iamais trouué combattant fi horrible ,
Que ie n'aye vaincu par mon bras inuincible ,
Venez Parques d'Enfer, & de bruflant effort
Renuerfez Sacripan fur cefte place mort,
N'endurez que l'amant vn petit enfant tendre
Oze plus que vous tous deffus moy entreprendre ?
Ou fi m'auez iuré enfemblement ma mort,
Venez vous & ce Dieu fur ce palliffant port
m'attaquer fermement, liurez moy vos allarmes
Et vous verrez comment ie fçay mener les armes ?
Amenez auec vous Pluton & tous les Dieux,
Et ceux mefmes qui font aux Enfers odieux :
Venez me ioindre tous, batiffez vne armée ,
Ie veux qu'au lieu d'vn grain de femence d'amour
Que i'ay dedans le cœur, i'en ay plain vne Tour ,
Mais quel befoin de mort ne fçay tu que Cyprine
Et que fon enfant amour a bleffé fa poictrine
Du Dieu au Ciel doré, & celuy de l'Enfer ,
La fille de Ceres fit fon cœur efchaufer ,

Puis doncques que ceuxla ont senti mesme flame
Comme a presens ie sens au profond de mon ame.

ACTE III.

Rolland commence.

EN vain nous trauaillons, c'est vne chose vaine
Que de nostre dessein, si le Ciel ne nous meine,
Celuy est bien gardé qui est dessouz la main
Du puissant Iupiter le grand Dieu souuerain,
Et mesme nous pourrions regarder face a face
L'ennemy enragé, sans qu'en rien nous mesface,
I'en prens icy exemple à ce lasche fuitif
Que i'ay veu enfuyr d'vn pied prompt & hastif,
Au sein de la forest, i'ay bien suiuy la trace,
Marque de son chemin, & toutes fois ma face
Quoy que me sois hasté, ne l'a peu descouurir
C'est ainsi qu'vn bon-heur luy a voulut ouurir
Son plaisant cabinet, c'est ainsi que Fortune
Fortune aux yeux bandez, quelques vns importune
Pour bien heurer vn autre. Et aussi voit-on bien
Vn marchand traffiquer, qui n'a pour tout son bien
Qu'vne nauire voguant sur la mer raboteuse,
Charge ou de bresil ou de laine cardeuse
Estre aux yeux du marchand des corsaires de mer
Pillé & desgarny, & mesmes desarmer
Son nauire rompu, voire le marchand prendre,
Et eux nourris aux sang en vn haut mast le pendre,
Mais ie voy la Phœbus dans son char radieux
Auoit des-ja tracé le grand chemin des Cieux,
Depuis que ie me suis obstiné à la queste

Tragedie des amours

Du cheualier fuyard , o lumiere celeste ,
Ie voy ia que ton char paracheue son tour,
Pour ores nous marquer la place de my iour,
Ie suis si fort lassé que ie ne puis à peine
Supporter mon harnois & tirer mon haleine ,
En quel lieu suis-ie icy, que des vers arbriceaux
Au pied de ce rocher ou murmurent les eaux ,
Ie m'y veux reposer, & sus l'herbuë place
Pour poser mon armet il faut que ie deflace.

      Icy il deffait son heaume, puis dit.

O Dieu que ce vert lieu est d'vn air gracieux
Doucement regardé, qu'il est delicieux ,
Vrayement ie my plaist fort, car des arbres l'ombrage
Et la frescheur du lieu contentent mon courage :
Las que plus a l'amour que i'eusse encor tout las
que ie suis en ce lieu , Angélique en mes bras ,
Ie te iure mignongne , ie te iure Madame,
que ie me pasmerois au giron de ton ame ,
Ie me reuengerois de nostre temps perdu ,
Il ny a rien si cher qu'vn temps mal despendu ,
Pasmer ie me lairrois sur ta bouche succrée,
Et ferois en ce lieu vne ionchée sacrée ,
Las ou és-tu mignonne, ou és tu mon cher cœur ,
Ie ne t'ay veue depuis que mon oncle en fureur
Te baillant dans les mains du vaillant le Duc N'ayme,
Afin que celuy la qu'il aura en estime
Pour meilleur combattant donnée elle luy fut,
Mais le pauure vieillard bien fort il se deceut ,
Car ie ne suis si sot de l'auoir amenée
En france a celle fin de luy estre donnée
Pour faire a son plaisir, elle est a moy, mon veux
Se promet qu'elle doit demeurer a moy seul,

d'Angelique & de Medor.

Aussi le tout cela ie me ris & ne daigne
Seulement en parler, mais dessus la montaigne.

En regardant les branches.

Ne vois-ie pas le nom de ma belle engraué,
Ie le verray bien mieux mais que ie sois leué,
Sus sus debout Rolland honore ceste place,
Ce lieu à recelé d'Angelique la face,

Icy lit ces 4. lignes qui sont posées à vne branche.

O toy passant qui reprens ton haleine
Beuuant icy de la claire fontaine,
Aye tousiours en la memoire escrite
La saincte amour de Medor, Angelique.

Il se despite frappant du pied par plusieurs fois, puis
regarde ses 4. autres lignes & les lit.

Vous Pastoureaux qui raisonnez chansons
Pres ces rochers de maints & diuers sons,
Chacun de vous d'vne voix autentique
Chanter l'amour de Medor, Angelique.

Que veut dire cecy, qu'en ces vers composez,
Elle nomme Medor ses vers entrelacez,
Me donnant dans le cœur vne ialouse crainte,
Pour le seur cet escrit est faict de la main saincte
Ie le cognois fort bien ah ! qui est ce Medor ?
Que veut dire ce chiffre entrelacé encor
Ce n'est pas angelique, ah, non, non ce n'est-elle
Qui a fait tout cecy, mais quelque Pastourelle
Nommée en mesme nom, toutesfois ie sçay bien
Qu'elle a escrit cecy ? o grand Dieu qui soustien
Tout le bas monde rond, ie fremis, las ie tremble,
Ah qui est ce Medor, maintenant il me semble
Qu'on m'arrache le cœur, ah ! Roland qu'elle crainte
Te vient donner au cœur vne si viue atteinte,

B

Tragedie des amours.

Il te faut prendre cœur & ores t'esiouyr,
Car par ses vers icy elle te fait ouyr
D'vn grand contentement, i'en louë la Cyprine
Qui a rendu de moy vne beauté diuine
Amoureuse, or ie te voy, ie voy appertement
Quedessouz ce Medor me nomme son amant :
Or marchons hardiment sans soupçon ny sans crainte,
Voicy encor plus outre vne escriture emprainte
Aux corps de ses ormeaux, ie veux lire les vers.

      Icy il s'approche & lit ses 4. vers qui sont
          attachez à vn arbre.

    D'Angelique les yeux flambeaux de l'vniuers,
    A moy pauure Medor ont asclaire la face,
    M'ont aymé, m'ont chery, souz ses arbrisseaux vers,
    Et ay cueilly le fruict d'amour en ceste place.
Que veut dire cecy, o tonnerre des Dieux.
Quel demon infernal ce presente a mes yeux,
I'ay l'esprit plus troublé que si l'aspre fumée
De l'Auton vendengeur m'auoit l'ame charmée
De son vin presluré, ie ne serois plus fort,
Ah Rolland, ah Rolland, que tu as le cœur mort,
Es-tu si incensé que de vouloir penser
Que ta Dame ait le cœur de te vouloir laisser ?
Non, c'est d'vn ennemy la main iniurieuse
Qui a graué ses vers pour la rendre odieuse,
Qui que soit celuy la, comme il a de bien pres
Voulu contre imiter de sa lettre les traits,
Chasse, chasse bien loin tout soupçon, & repose
Car rien n'est pire icy que cet amour ialouse,
Tout est coy le silence est par tout & sans bruit :
On peut voir ceste place au nombre de la nuict,
Ie voy la deuant moy d'vne maison prochaine

d'Angelique & de medor.
Reiaillir quelque feu au milieu de la plaine
Ie tireray droit la pour attendre le iour,
Ayant l'esprit troublé de mon ialoux amour,
Encore ie ne voy personne en ceste porte,
Ie veux vn peu heurter afin que quelqu'vn sorte,
Hola haut mes amis.

Le Berger.

Monsieur que vous plaist-il.

Rolland.

Ah, mon amy helas, sois vn peu subtil
A deslarcer mes armes afin que ie puisse prendre
Vn petit de repos.

Le berger

Ie suis aise d'entendre
De vous seruir à gré, & outre Cheualier
Ie vous traicteray bien.

Rolland.

Las oste moy premier
Mon corcelet du dos, ou bien amy deslace
La courroye d'embas, afin qu'vn peu d'espace,
I'aye mon vent a l'aise, & que ie mette hors
Vn monde de souspirs hors de mon bruslant corps,
Ah ! qu'est-cecy, ah-ie.

Le Berger.

Que faictes vous, comment
Cela que ie deslace vuide d'entendement,
Soudain le relacez, d'ou viennent tant de larmes,
Que veulent ces souspirs, d'ou viennent ses larmes,
Confortez vous monsieur, quelque cœur lasche & mol
Vous veut faire courir comme vn incensé fol,
Las ! estes vous blessé, dictes moy ie vous prie,
I'ay apris le moyen pour rendre saine & guerie

B ij

Tragedie des amours.
Vne playe, tout soudain, ie vous la gueriray.
Rolland.
Ah! laisse moy vn peu, ie croy que ie mourray,
Tant i'ay l'esprit troublé d vn soupçonneux encombre
Le Berger.

Laissez laissez a part toute la maison sombre
Du mau-piteux Pluton aux vieillards mal plaisants,
Et ne faschez vos ans encores blondissans,
On ne voit rien icy que tout ne soit muable
Et que tout ce qui est ny est ferme & durable,
Le temps auec sa faux tranche tout tout exprez,
Ainsi que tous les ans on retrenche les prez,
Mais qui vous peut troubler en si belle ieunesse,
Sinon que vous aymez quelque fiere maistresse,
Qui vous monstre semblant de ne vous point aymer
Afin que d'auantage ell' vous puisse charmer
En son amour, non non, il vous faut de courage
Armer contre l'assaut de l'amoureuse rage,
Amour ne recompense au plus grand desespoir,
C'est vn Dieu tout puissant & tout plein de pouuoir
Il nous faut esperer, car cil qui desespere
Luy mesme se conduit au lac de la misere,
Vn des iours de cet an en la mesme saison
Que les prez sont couuerts d'vne verte toison,
Ie n'eut guere en ces bois le mien pied auancé
Que ie trouue my mort vn iouuenceau blessé,
Tout poudreux, tout crasseux, & de son rouge sang
Qui sortoit a bouillons de la teste & du flanc
La terre en estoit rouge, & tout hors d'esperance
Il crioit à la mort, si la douce allegeance
D vne fille vestuë en haboi Pastoral,
Me luy eust à l'instans mis remede a son mal,

d'Angelique & de Medor.

Elle le medecine auec herbe pillée,
Par deux moyens cailloux, puis ayant diftilée
Cefte eau medecinalle, fi bien elle la met
Sur fes playes mortelles, & fi bien s'entremet
De le rendre guery qu'en cinq ou fix iournée
Elle luy a pour vray la vie redonnée
Or guery il reprend fon teint & fa couleur
Et la belle auffi toft fe fent faifie au cœur,
elle l'aime fi fort voyant ces yeux fa face
Eftre vn miroir d'amour qu'elle en pert toute grace :
En fin ayant longtemps porté au cœur ce feu
Elle luy vient defcouurir fon defir peu a peu,
Elle requiert mercy, luy qu'amour foudain vicque
Il fut contraint d'aimer cefte belle Angelique,
Ainfi a elle nom, or ell'a fon Medor
Toufiours entre fes bras de fes beaux cheueux d'or
Elle le va charmant, quand ferrez bouche a bouche
Deffouz les vers rameaux font l'amoureux aproche,
Ils font toufiours femblable, & renuerfez à bas
Ils font fans fin collez embraffez bras à bras :
Voila comment il faut s'armer contre fortune
Et ne defefperer, quoy qu'elle nous importune,
Car fouuent quand penfons eftre obligez des Dieux
C'eft lors que mille biens ils nous lancent des Cieux.

Rolland.

Venez fouldres grondans qui battez les montagnes,
Et qui creuez le ventre aux herbuës campagnes,
Qui tournez tant de coups en vain deffus le front
Des grands rochers pierreux, & qui du plus haut mont
La crefte renuerfez, venez & tournez ores,
Et me broyez la tefte, & mes deux bras encores

Tragedie des amours
Ah, cruelle, ah cruelle?
                    Le Berger.
Entrez donc s'il vous plaist,
Car desia le souper sur la table est prest.
                    Rolland.
Ah, ie ne puis manger, mais fay moy faire vn lict,
Afin que puisse vn peu reposer ceste nuict.

ACTE IIII.

Le Berger commence.

O Dieu qu'elle pitié! quel horreur, quel effort,
Ce pauure Cheualier se donner a la mort,
Il s'est leué du lict, & tout boüillant de rage,
Il a espars la plume au fort de son courage
Dedans il a rompu deschiré par morceaux,
Et par tout la maison ce ne sont que lambeaux,
Il s'est fait endocer ses armes, & à l'ame
Saisie de fureur, i'ay grand pœur qu'en sa flame
Il me blesse, appaisant dessus moy son ennuy,
Mais le voicy qui vient, ie fuiray deuant luy.
                    Rolland.
O destin mal'heureux qu'm'a conduit encore,
En ce lieu ou i'ay pris l'ennui qui me deuore,
Ie n'ai peu reposer, & croi que c'est le lict
Ou ce braue Medor me desroboit le fruict
De mon mortel amour car au lieu de la plume
Que ie deuois trouuer ainsi que de coustume
Molle & douce, i'ai eu milles charbons ardans,
Et au lieu de dumet c'estoient charbons dedans,
Augures tres-certains que ma fiere tigresse

Auoir la flanc à flanc apasté de caresse
Ce larron de mon bien, de mon bien que i'auois,
Pour la quester souuent, helas! ie ne pensois
O mensongere fille, o fille variable:
Est-ce la le guerdon d'vn amant veritable:
Les flots impetueux de Neptune grondans,
Et les fouldres aiguës que Iupin va dardans
Ne tempestent pas plus, que dedans ma ceruelle
Ie sens gronder, rouller, ce tourment pesle mesle
Ie ne sçay que ie fais, ie vois d'vn pas hastif
Tantost ça, tantost là, mais où va tu chetif,
En quel lieu suis-ie icy, ne suy-ie pas approche,
Ou le nom d'Angelique est escrit sur la roche:
Ouy voyla encor le chiffre entrelacé,
Voicy ou corps elle tenoit embrassé,
Ce larron de Medor, o infernalle place
Ou tu as recelé d'Angelique la face,
Tu luy seruois d'vn diuin Paradis,
Et à moy tu me sers de mes enfers maudits,
Mais qui suis-ie bons Dieux qui souffre telle rage,
Pourrois-ie estre Rolland ainsi gehenné d'outrage,
Non, non Rolland est mort, il est aux bas enfers,
Sa Dame la tué de mille outrage aux fers,
Ce Rolland qui estoit a son esprit qui erre
Hurle desesperé en l'infernalle guerre,
Ie ne suis que l'esprit l'ombre de desespoir,
Qui suis venu encor en ce lieu pour la voir,
Le destin malheureux m'est tant & tant contraire,
Qu'encor me met aux yeux le maudit carractere
Qui est par tout escrit en ses bocagers lieux,
Et quelque part que puisse esleuer mes deux yeux,
Ie ne voy tout par tout escrits dessus la roche

Qu'Angelique & Medor, o infernalle amorce,
Ie ne sçay que ie fay, o bruslantes vapeurs
Qui m'attisent le cœur d'vn grand brasier plein d'ire :
Mais helas que me sert & que me sert de dire
Tant de perdus propos, sus que ce rue Rolland
Sente de Durandal le trenchant violent,
Trenche tous ses escrits, raze moy ceste roche.

      Icy il hache tout a coup d'espée, & dit.
Leue toy poing guerrier & de ce lieu t'approche,
Monstre que tu es né d'vn courageux pouuoir.

              Le Berger.
Dieux mes yeux sont troublez de ce que i'ay peu voir
O pauure infortuné, o pauure miserable.

              Rolland.
Ie la razeray toute iusques au pied du sable.

    Icy de rechef il dehache encor les branches des arbres
                puis il dit.
Que ne tiens-ie aussi bien de Medor le mignon
Qui s'oze hazarder d'estre mon compagnon ?
Ah, i'en battois les murs ainsi qu'vne tempeste
Piroüettant en l'air, & du coupeau du feste
D'vn rocher montagneux le ietterois d'vn bras,
Et si vif de hazard il retomboit en bas
Ie luy ferois souffrir de mort vn dur esclandre
Qui oze contre moy maintenant entreprendre
Angelique, non non, ce n'est point elle non,
Elle à trop en honneur ma race & mon renom,
Ce n'est elle qui m'a braslé telle furie,
Mais c'est quelque Demon qui veut auoir ma vie :
Or bien qui que tu sois ie t'appreste dequoy
Pour t'empescher assez au combat auec moy,

d'Angelique & de Medor.

venez doncques Demons, amenez folles ames,
Vos rages vos, tourmens, & vos craquantes flames
Ie vous attens icy , ny a il que l'orreur
De ce serpens en l'air qui me vient faire peur,
Ie voy en accourir dans vn embrazé coche
Qui attraine auec luy vne flambante torche,
Sur laquelle ie voy deux grands griffons qui iettent
Des jauelots aigus , ie les voy qui s'arrestent,
Et n'ozent m'approcher, mais helas qu'elle flame
Ainsi enragément le pauure corps m'enflame ?
C'est le Cerbere chien que voicy deuant moy
Qae ce feu iette ainsi attens ie vois a toy ,
Car ie te veux combattre, Ou rompre ces sept bestes
De ce seul coup icy.   Le Berger.
O lumiere celeste ,
Ce pauure Cheualier est sorti hors du sens
                    Rolland.
Que Griffon acharné est-ce icy que ie sens ?
Ie le sens sur mon corps qui se calle à mes armes ,
                    Le Berger.
Helas, qu'elle pitié o miserables charmes,
Il se rompt ses habits, helas qu'elle pitié,
O de l'amour charmeux la damnable amidé.
                    Rolland.
Quel escadron guerrier se presente a veuë
Qui veut ce grand serpent qui descend de la nuë,
Pourquoy me iette il ses hifflans couleuureaux
Mais que veulent de moy les cent beuglans Taureaux
Car ie les veux combattre & arracher le sceptre
A ce grand Dieu Pluton, leur conducteur & maistre.
                    Le Berger.
Hé bons Dieuz quel regard , & comme ses deux yeux

Iettent la veuë fur moy flambans & furieux,
Las, mon Dieu que i'ay pœur, ie doute fon courage,
Il ne fe faut fier à vn fol en fa rage,
Preuoyant l'accident, le m'enuoy, car courir
Il faut vn Medecin auant que de mourir.

ACTE V.

Sacripan commence.

I A le Soleil hauffé efchauffe mon harnois,
Et laffé fuis contraint de rentrer en ce bois,
Afin de trouuer lieu pour pofer ma cuirace,
Et fus l'herbe couché vn peu ie me deflace :
Defia trois fois la nuict à tiré le rideau
De la voulte eftoillée, & de fon noir manteau,
A voillé l'vniuers, depuis que ie m'empefche
A venir au combat auec ceux que ie cherche
De Rolland & Regnaut fes deux mains coriuaux :
Que fans fin voy cherchans & par monts & par vaux
S'ils ne font hors de France, i'efpere de les rendre
Abbatus deffouz moy, quoy qu'ils veulent deffendre
Leur temeraire fanglie les veux ces chetifs
Ses deux vaillans guerriers les amener captifs
Et veut moy Sacripan le Roy de Sircacie
Triomphant retourner, & mener a m'amie,
A mon cœur Angelique eux deux enfemblement,
Car ie fçay que ie fuis d'elle aimé cherement :
Permettez donc bons Dieux, permettex debonnaires
Que ie puiffe trouuer fes deux miens aduerfaires,
Afin que comme vn Mars le grand Dieu Traffien
Qui fus vn mont Radolphe vray habitacle fien,
Foudroyé les Geans, ie les renuerfe à terre,
Ainfi qu'il renuerfoit ceux la de fon tonnerre,
Et ie iure le ciel voftre empire diuin,

d'Angelique & de Medor.

Par voftre fiecle fainct le grand fceptre yuoirin
Que cent bœufs tout couuers de poil blanc ie confacre
Sur vos diuins autels, vos diuins fimulachres,
Le fang rouge fumant coullant par cent pertuis,
Tefmoigneront comment feruiteur ie vous fuis.

Le Meflager.

Ie rends graces aux Dieux que i'ay eu tant de grace
De pouuoir efchapper de ce fol qui fracaffe
Tout ce qu'il peut trouuer, & qu'ainfi faoul & fain
Ie me fuis guaranty de fa meurtriere main,
Ce fol la que ie dy, non fol mais plein de rage,
I'ay veu tantoft courir au milieu d'vn village,
Furieux forcené, le vifage faigneux
Du fang de ceux qui peut rencontrer en tous lieux
Cefte rage luy tient dit on depuis le iour,
Et fa folie prouient feulement pour l'amour,
Quel horreur a le voir, il court par les montagnes,
Plus de roideur defcend au milieu des campagnes,
Les peuples a monceaux montent aux hautes tours,
Regardans eftonnez fes enragez deftours,
Ils n'ofent fe mouuoir le fuyans en la forte
Que l'on fait vn Lyon qui vn cheure il emporte,
Las i'ay eu fi grand pœur qu'encor mon pauure flanc
Me tremblotte, & encor s'entrebouille mon fang,
Ie ne penfois iamais vois la belle lumiere
Que ie voy maintenant, qui fi bien nous efclaire
Ie n'auoy tant de pœur de mourir de fa main
Que ie craignois de perdre encor ce parchemin
Ou eft mis le pourtrait de la plus belle femme
Qui foit à l'vniuers, or ay-ie a cefte Dame
Promis d'aller partout auecques fes portraits,
Ou de fon beau Medor font remarquez les traits,

Pour mieux me repofer & auoir mon haleine,
Aux riues de ce bois mon cœur laffé de peine,
Iy m'en voy r'afraifchir.
    Icy il fe couche au long du bois, & oyant dire fihau-
tement il fe faut leuer & cheminer vers Sacripan.
            Sacripan.

Sur le riuage beau
Ou doucement i'entens le murmur de l'eau
D'vne fontaine proche i'ay defir de mettre
Dieu que l'air eft ferain en ce verdoyant eftre,
O belle qui me tuë, que pleuft or aux grand Dieux
Que ton corps tant diuin ie tinffes en fes lieux,
Ie te ferois cognoiftre Angelique mon ame,
Combien i'ay dans le cœur du Dieu d'amour la flame
Mais bien que ie n'ey pas de roy contentement
Bien heureux ie me dy d'aymer fi hautement,
Mais d'ou vient ceftui-cy qui deuers moy chemine
C'eft quelque meffager ie le iuge a fa mine :
Approche mon amy, d'où eft-ce que tu viens
Quel chemin veux-tu prendre .   Le Mffager

Ie ne faudray en riens
Vous dire qui ie fuis, ou ie vois, qui me meine,
Sçachez que meffager de la douce & humaine
Angelique ie fuis ce nom la feulement
Eft digne qu'on me donne vn falut hautement :
Vne qui eft cy bas la lumiere celefte ,
Le paradis des Dieux, c'eft vne Dame honnefte
Qui m'enuoye par tout les pays eftrangers
Auecques fes portraicts que ie peux fans dangers
Monftrer en tous les lieux, mais voyez aupres d'elle
Le gratieux me for amy de la pucelle
Viftes vous iamais rien de fi beau fouz les Cieux

d'Angelique & de Medor.

Que font ces deux amans, les fauoris des dieux
Sus faictes leur honneur se font images sainctes
Que le pinceau d'amour a dans la carte peinctes
        Icy le messager desploye la carte & les monstre à
    Sacripan, puis il dit.   Sacripan.
Vne froide sueur me surette le corps
Ie pers le sentiment, & ne peux ietter hors
La rage qui me tient au fort de ma poictrine,
Las quel serpent retors deuant moy se mutine ,
Ie sens mes yeux ternis & vaincu de douleur
Las le cœur me defaut, o terrible mal'heur à
            Le messager
Ce cheualier est mort, car dessus ceste plaine
Ie ne luy voy mouuoir ny le pous ny la veine,
O Dieu qu'elle pitié, d'où luy vient cet effort
Ie tremble, ie fremis, las ie croy qu'il soit mort
Car il n'aspire plus, ie ny sçaurois que faire,
Il me le faut laisser & mon chemin parfaire.
    Icy Sacripan ce plaint, puis le messager poursuit & dict,
Mais ne l'entens ie pas sanglotter soucieux ,
Ouy c'est luy vrayement il à ouuert les yeux.
            Sacripan.
O miserable moy, o Roy de Sircacie ,
As tu laissé ton lieu pour perdre icy la vie,
Habandonné pays, ton royaume & ton sceptre
Pour mourir par l'effort de cupidon ton maistre :
Angelique Angelique, ha mon poison ma mort,
Pour mon iuste loyer, me fais tu vn tel tort :
Me laisser oublier est ce dont là la marque
Du guerdon pour t'auoir secourue dans Albarque
De six ou sept grands Roys que tout expres menay,
Pour encontre Agramante deffendre, ha ie n'ay

Plus force de parler, mon amy donne encore.
Ses pourtraicts ie te prie, & que ie les honore.
        Icy le messager baille les pourtraicts, puis dit.
Qve ie leur face honneur, à Dieu mon Angelique,
        Icy baise les pourtraicts, puis dit.
A Dieu belle ie voy dans le val Plutonnique
Ce iourd'huy veuf de vie, à dieu mon cœur a Dieu
Messager mon amy va t'en hors de ce lieu,
Acheue ton chemin, & chante les louanges
De ces deux amoureux, par les pays estranges,
Puis quand tu verras d'Angelique le iour
Que dedans ton pays tu feras ton retour,
Dy luy ie te supplie, ie te supplie dy luy
Que Sacripan est mort, de tourmens & d'ennuy
Qu'il est mort pour aimer vne fille muable
Va ie te prie fay luy ce discours lamentable
Qu'il est mort pour seruir, qu'il est passé & transi
Et que pour bien aimer on le guerdonne ainsi,
O Ciel, o ciel peruers, o Pluton o Megere.
O chien trois fois hurlant, a l'horrible criniere,
O Enfer, o Erebe, o fangeux Flegeton.
O ministres cruels du mal'heureux Pluton,
Accourez tous meschans, & plus menu que poudre,
Faictes faictes mon corps en vn instant dissoudre,
        Icy se leue & court parmy le Theatre.
                Le Messager.
Qvel'merueille est-cecy, mais ou veut il fuyr,
Il est au desespoir ie veux vn peu ouyr,
Ce qu'il a sur le cœur, en ce coing en silence,
Ie veux entendre vn peu son dueil & doleance,
        Sacripan recouché en sa place.
Las qui donnera fin a mes larmeux ruisseaux,

d'Angelique & de Medor.

Las qui donnera fin a mes cris a mes maux,
Qui pourra mettre fin a la bouillante rage
Qui d'vn brasier ardant allume mon courage
Que feray-ie, ou iray-ie, helas ! qui mettra fin
A l'enragé effort de mon fatal dessin
Qui me ruinera helas ! ce sera celle
Qui me vient apporter vne mort eternelle,
Me doy-ie transporter au lieu ou ce Medor
Tient auec luy a gré, ma vie & mon tresor,
Y ray-ie seulement au Caché ou son ame
S'en yura dans le suc de l'amour de ma Dame
Pour le trouuer, & la l'arracher de sa main,
Pour le prendre & mange sa chair comme du pain,
Non non pour le trouuer l'iray au riue More,
l'iray ou le Soleil trampe son chef encore,
l'iray de la le Mede, & le trouuant ie veux
En battre obstinement les rochers montagneux,
Monstrant combien l'amant à de force & courage,
Alors qu'il est charmé de la ialouse rage,
Mais o Ciel, las que dy-ie ! helas pardonne moy,
Ay-ie donc arresté, o infidelle foy,
De te faire vn tel tour, non mignonne ie te iure
Que ie ne te feray encor si pariure,
Ie n'ay pas, ie n'ay pas encor la volonté
D'ozez si follement offencer ta beauté,
Belle pardonne moy, si ie t'ay offensée
C'est las que ton amour m'a trop l'ame blessée,
L'amour m'a commandé cet amoureux effort
Auecques la pitié m'a commandé si fort
Que ie suis tout ainsi qu'vn grand chesne au boccage
Qui veuts courroucez deça, de la, orage:
Or vis doncques mignonne, & ieuys de l'amour,

Tragedie des amours d'Angelique & de Medor.
Que me fera Pluton voir en ce mesme iour,
Vous arbriceaux, vos bois, vous taillis, toy boccage:
Qui reculle le chaut de l'oiseau qui ramage :
Et toy vent qui entens mes plaintes dans ses bois
Piteux, ie vous suppli de me celer ma voix,
Arreste vn peu Soleil ta grand lampe estenduë
Au haut du firmament, & tourne vn peu ta veuë
Vistement en ce lieu & assiste a la mort
Du pauure Sacripan à qui on à fait tort :
Sus poignard meurtrier desmaisonne mon ame,
Adieu mon Angelique, adieu ma chere Dame,
Ce poignard que ie baiser m'ennoira sur le bort
Du bourbeux Acheron de nous autres le port.

Le Messager.

O pauure infortuné ! o pauure miserable,
Il est mort ! il est mort, estendu sur le sable.

Sacripan.

Va mon amy va dire a ta maistresse qu'or
Ie me suis fait mourir ainsi que tu vois or.

Le Messager.

Il ne peut plus parler, la mort à ja blesmie ,
Transportée du corps, sa face est ia ternie,
Ie voy que le Soleil paracheue son tour,
Et que la nuict s'en vient, & s'accource le iour,
Ie me retireray , laissant le corps icy,
Heureux qui n'est attaint de l'amoureux soucy

FIN.